Magda's Piñata Magic
Magda y la piñata mágica

By / Por Becky Chavarría-Cháirez
Illustrations By / Ilustraciones Por Anne Vega

Spanish translation by / Traducción al español por
Gabriela Baeza Ventura

PIÑATA
BOOKS

Piñata Books
Arte Público Press
Houston, Texas

Publication of *Magda's Piñata Magic* is made possible through support from the Lila Wallace—Readers Digest Fund, the Andrew W. Mellon Foundation and the City of Houston through The Cultural Arts Council of Houston, Harris County. We are grateful for their support.

Esta edición de *Magda y la piñata mágica* ha sido subvencionada por la Fundación Lila Wallace—Readers Digest, la Fundación Andrew W. Mellon y el Concilio de Artes Culturales de Houston, Condado de Harris. Les agradecemos su apoyo.

Piñata Books are full of surprises!

Piñata Books
An Imprint of Arte Público Press
University of Houston
452 Cullen Performance Hall
Houston, Texas 77204-2004

Chavarría-Cháirez, Becky.
    Magda's Piñata Magic / by Becky Chavarría-Cháirez; illustrations by Anne Vega; Spanish translation by Gabriela Baeza Ventura = Magda y la piñata mágica / por Becky Chavarría-Cháirez; ilustraciones por Anne Vega; traducción al español por Gabriela Baeza Ventura.
        p.   cm.
    Summary: When Tío Manuel brings home a very special piñata for Gabriel's birthday party, his sister Magda figures out an ingenious way to preserve it and still make the party guests happy.
    ISBN 1-55885-320-0
    [1. Piñatas—Fiction.   2. Birthdays—Fiction.   3. Parties—Fiction.   4. Brothers and sisters—Fiction.   5. Spanish language materials—Bilingual.]   I. Title: Magda y la piñata mágica.   II. Vega, Anne, ill.   III. Baeza Ventura, Gabriela.   IV. Title.
    PZ73 .C483 2001
    [E]—dc21   00-053739
                                                                                                        CIP

2 3 4 5 6 7 8 9 0   0 9 8 7 6 5 4 3 2

With loving thanks to Dad, an irrepressible kid at heart who believes every occasion deserves a piñata. And to *los piñateros*, whose handiwork lasts forever in memory.
–BCC

Thanks to my husband, Robert, for his encouragement and support and to my children, Gabriela and Austin, for their modeling expertise.
–AV

Con cariño para Papá, un niño de corazón, que cree que toda ocasión merece una piñata. Y para los piñateros, cuya labor siempre perdura en nuestra memoria.
–BCC

Gracias a mi esposo, Robert, por alentarme y apoyarme y gracias a mis hijos, Gabriela y Austin, por su habilidad para modelar.
–AV

One cool October morning, Magda Madrigal and her brothers and cousins were playing at Abuela's. As Magda chanted her favorite jump rope song, they heard something in the distance.

Beep … Beep … beep—BEEP—*BEEEEP.*

The honking horn was coming closer and closer. It grew so loud that Magda lost her rhythm.

"*¡Caramba!*" said Magda. "I'll start over."

"One. Two. Three. Fou …" But then Magda stopped again, landing on both feet.

"What's up, Magda?" asked her cousin Carina.

"That's Tío Manuel's truck!" Magda answered.

The jump rope flew up in the air and the children scrambled towards Abuela's driveway.

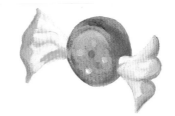

Una fresca mañana de octubre, Magda Madrigal, sus hermanos y sus primos estaban jugando en la casa de Abuela. Mientras Magda cantaba su canción favorita para saltar la cuerda, escucharon algo en la distancia.

—Pip … pip … pip—PIP—*PIIIIIIIIIIIP.*

El bocinazo se acercaba más y más. Se oyó tan fuerte que Magda perdió el paso.

—¡Caramba! —dijo Magda. —Voy a empezar otra vez.

—Uno, dos, tres, cua … —y Magda paró otra vez, pisando fuertemente en ambos pies.

—¿Qué pasa Magda? —le preguntó su prima Carina.

—¡Es la camioneta de Tío Manuel! —le contestó Magda.

La cuerda de saltar voló en el aire y los niños corrieron hacia la entrada de la casa de Abuela.

Tío Manuel was back from his Saturday morning trip to the *mercado,* the Mexican market. And today he had brought home something extra-special.

"What is it? Let's see, let's see!" the children cried.

It was just one day until Gabriel's birthday, and Tío Manuel couldn't keep his surprise a secret any longer. He hopped into the truck bed and waved at them to come over and take a peek. Eduardo played a drum roll on the fender. All the cousins lined up along the truck bed. Magda lifted Gabriel up to watch. Tío Manuel unveiled his surprise.

The children's mouths fell wide open! It was a life-sized *piñata* look-alike of Gabriel, and wearing his favorite outfit, too—a cowboy shirt, a fringed vest, blue-jeans, and boots complete with toy spurs! Tío Manuel raised the *piñata* over their heads.

"Look, kids! I found Gabriel's twin brother!" joked Tío Manuel. "Señor Santiago, *el piñatero,* made it to look like this photograph of Gabriel."

"That's *me,*" gasped Gabriel.

"*Sí, m'ijo,*" Tío said proudly. "And just imagine all the candy that will fit inside you."

Tío Manuel había regresado de su viaje al mercado de cada sábado. Hoy había traido algo super especial.

—¿Qué es? ¿Qué es? ¡Vamos a ver! —gritaron los niños.

Era justo un día antes del cumpleaños de Gabriel, y Tío Manuel no podía mantener la sorpresa en secreto. Saltó a la parte trasera de la camioneta e invitó a los niños a venir a ver lo que escondía. Eduardo tocó una diana en el guardafango de la camioneta y los primos se alinearon a la orilla. Magda levantó a Gabriel para que pudiera ver cuando Tío Manuel revelara su sorpresa.

¡Los niños quedaron boquiabiertos! ¡Era una piñata tamaño natural que se parecía a Gabriel con su disfraz favorito—una camisa vaquera, un chaleco con barbitas, pantalones de mezclilla y botas con espuelas de juguete! Tío Manuel levantó la piñata por encima de sus cabezas.

—¡Miren, niños, encontré al hermano gemelo de Gabriel! —bromeó Tío Manuel. —Señor Santiago, el piñatero, hizo que se pareciera a esta foto de Gabriel.

—Ese soy yo —dijo Gabriel con voz entrecortada.

—Sí, m'ijo —dijo Tío Manuel orgullosamente. —Imagínate todos los dulces que cabrán dentro de ti.

Tío Manuel grabbed a handful of Mexican *dulces,* candies, from his shirt pocket and sprinkled them over the kids' heads.

"More, Tío. More, more!" they cheered. But Gabriel was quiet, standing as stiff as the piñata.

"Tío," said Eduardo. "I don't know if Abuela's tree is strong enough to hold it."

"Let's see," answered Tío Manuel. "Eduardo, get me the ladder. Magda, bring your jump rope. Gabriel, go pick the branch where we'll hang your piñata."

Gabriel stood under the old cottonwood tree and pointed. "That one, Tío."

Then, Tío Manuel threw the jump rope over the branch and tied it to the piñata.

Tío Manuel tomó un puñado de dulces mexicanos del bolsillo de su camisa y los roció por encima de las cabezas de los niños.

—¡Más, Tío! ¡Más! —gritaron. Pero Gabriel estaba callado, parado tan tenso como la piñata.

—Tío —dijo Eduardo —no sé si el árbol de Abuela es lo suficientemente fuerte para sostenerla.

—Vamos a ver —contestó Tío Manuel. —Eduardo, tráeme la escalera. Magda, trae tu cuerda para saltar y Gabriel, ve a escoger la rama de dónde vamos a colgar tu piñata.

Gabriel se paró debajo del viejo álamo y apuntó —Ésa, Tío.

Entonces, Tío Manuel tiró la cuerda de saltar sobre la rama y ató a la piñata.

Meanwhile, Abuela and Mamá sat and watched everything from the porch swing. *"Mira, hija.* That's the prettiest piñata I've ever seen. How pretty!" Abuela said.

"Sí. It's too pretty to break," said Mamá, shaking her head. "What a shame."

Gabriel watched as Tío Manuel pulled the piñata up and down and swung it from side to side. Magda and the cousins practiced swatting gently at the piñata. Even Abuela's cat, Tita, played along, snapping at their shoelaces.

"Stop it!" Gabriel suddenly shouted. "Mamá says it's not nice to tear up toys."

"Oh, Gabriel, piñatas aren't toys—well, not *exactly,*" explained Mamá. "They're *made* to be broken. It's tradition. And this one was made to break tomorrow. It is for your birthday."

Mientras tanto, Abuela y Mamá estaban sentadas en el columpio de la galería y lo veían todo. —¡Mira, hija, esa es la piñata más linda que he visto! ¡Qué bonita!—dijo Abuela.

—Sí. Es demasiado bonita para romperla. ¡Qué lástima! —dijo Mamá moviendo la cabeza.

Gabriel vio como Tío Manuel jalaba y soltaba la piñata de arriba a abajo, moviéndola de un lado a otro. Magda y sus primos practicaron pegarle a la piñata. Hasta Tita, la gata de Abuela, jugó a morderles las agujetas.

—¡No! ¡Paren! ¡La van a romper! —Les gritó Gabriel. —Mamá dice que no es bueno romper los juguetes.

—Ay, Gabriel, las piñatas no son como los juguetes —explicó Mamá. —Las hacen para que las rompan. Es la tradición. Y ésta fue hecha para que la rompan mañana. Es para tu fiesta de cumpleaños.

"To break? I don't want you to break *me*," said Gabriel holding his arms out to protect it. "It's mine—it even *looks* like me! Go break your own piñata!"

"*Ker-POW!*" shouted Eduardo as he took an imaginary swing at the piñata.

Magda scowled at Eduardo, who was only making matters worse.

"Gabriel," she began, "everybody's expecting the piñata tomorrow. Remember, your invitations said 'Come to Gabriel's piñata party for a SMASHING good time.'"

"It's a game, *hijito,*" Mamá added. "You'll see."

"Well, I—I—I don't know," Gabriel stammered.

—¿Romperla? No quiero que me rompan —dijo Gabriel extendiendo sus brazos para proteger a su piñata. —¡Es mía, hasta se parece a mí! ¡Rompan las suyas!

—¡Sí! ¡PUM! —gritó Eduardo mientras le daba un golpe imaginario a la piñata.

Magda regañó a Eduardo porque estaba empeorando las cosas.

—Gabriel —empezó Magda —todos están esperando la piñata. Recuerda que tus invitaciones decían, "Ven a divertirte a la Fiesta de Piñata de Gabriel."

—Es sólo un juego, hijito —agregó Mamá. —Ya lo verás.

—Bueno, yo … yo … yo … no sé —tartamudeó Gabriel.

"BUT IT'S *MY* PIÑATA!" he wailed at last, and ran into Abuela's house.

Everyone looked at each other.

"What a *baby*," whined Eduardo.

"Well, he *is* the youngest," reminded Mamá.

"He's barely four, Eduardo. Maybe he's not ready for a piñata," Magda said.

Tío Manuel shrugged his shoulders and took the piñata into Abuela's garage for the coming day.

—¡PERO ES *MI* PIÑATA! —gimió y se metió a la casa de Abuela.

Todos se miraron.

—¡Qué bebé! —se quejó Eduardo.

—Bueno, es el más pequeño —le recordó Mamá.

—Apenas tiene cuatro años, Eduardo. Tal vez no está listo para una piñata —agregó Magda.

Tío Manuel se encogió de hombros y puso la piñata en el garaje de Abuela para el día siguiente.

That night, Magda stayed with Abuela Madrigal so she could help decorate for the party.

But Magda couldn't sleep. She tried counting sheep, but the sheep all turned into Gabriel's piñata, swinging from Abuela's cottonwood tree. Magda wondered how to save the piñata and the party.

"What can we do, Tita?" Magda whispered.

Ideas swam in Magda's head …

Esa noche, Magda se quedó con Abuela Madrigal para ayudar a decorar el lugar para la fiesta.

Pero Magda no podía dormir. Intentó contar borregos pero todos los borregos se convirtieron en la piñata de Gabriel que oscilaba en el álamo de Abuela. Magda se quedó despierta pensando en cómo podría salvar la piñata y la fiesta.

—¿Qué podemos hacer, Tita? —Magda susurró.

Las ideas nadaban en la cabeza de Magda …

Maybe Tío Manuel could sit in the cottonwood tree and toss candies down at the kids …

"No, Tita, that wouldn't be safe. We'd need helmets and goggles," Magda said. She rubbed her head just thinking about all those candies raining down.

Then Magda spotted on the nightstand a photograph of Mamá working at Gabriel's pre-school carnival. She sat up in bed.

"A fish-pond game!" said Magda. "We could put the candies in bags and use Tío Manuel's fishing pole." But that idea faded when Magda remembered that game was only for little kids.

"We need something for *everybody*," said Magda. "Maybe we could put the piñata candies in a jar and let everyone guess how many are inside." But Gabriel and his friends could only count up to twenty. "They wouldn't have a chance," sighed Magda.

She noticed another picture nearby. It was Magda, Eduardo, and Gabriel all holding Easter baskets full of colorful plastic eggs and confetti-filled *cascarones*.

"A piñata candy hunt?" thought Magda. Then she imagined everyone crawling around through Abuela's flowers, herbs, and chiles. Abuela's flower beds and garden were strictly off-limits. Not even Tita was allowed there.

Tal vez Tío Manuel pueda sentarse en el álamo y tirarles dulces a los niños …

—No, Tita, eso no sería prudente. Necesitaríamos cascos y gafas protectoras —dijo Magda mientras se sobaba la cabeza e imaginaba todos los dulces cayéndoles encima.

En el buró, Magda vio una foto de Mamá cuando trabajó en el carnaval de la escuela de Gabriel. Magda se sentó en la cama.

—¡Un juego de pesca! —dijo Magda. —Podríamos poner los dulces en bolsas y usar la caña de pescar de Tío Manuel. —Pero la idea se desvaneció cuando Magda recordó que el juego era sólo para niños pequeños.

—Necesitamos algo para todos —dijo Magda. —Quizás podríamos poner dulces en un frasco y dejar que los niños adivinen cuántos dulces hay dentro. Pero Gabriel y sus amiguitos sólo saben contar hasta 20. —No tendrían una oportunidad —suspiró Magda.

Vio otra foto donde Magda, Eduardo y Gabriel sostenían canastas de pascua llenas de huevos de plástico de muchos colores y cascarones llenos de confeti.

—Una búsqueda de dulces —pensó Magda, hasta que se imaginó a los niños gateando y buscando en el jardín de Abuela entre las flores, las hierbas y los chiles. Sus jardines les eran prohibidos. Ni siquiera Tita podía entrar.

Finally, Magda grabbed a flashlight and tip-toed out of the house and into Abuela's garage. She climbed onto a stepladder to get a look at the piñata. Suddenly, there was a *scratch, scratch, scratch* in the dark. Then there was a high-pitched *squeak*. Looking around in the dark with a shudder, Magda lost her balance and slipped onto the floor. Something began breathing on Magda—and licking her face!

"*Ay,* Tita, it's only *you,*" she said with relief to the furry, purring face.

Just then the garage lights came on.

"Magdalena! What are you up to?" barked Tío. "I thought you were a prowler."

"Do you promise not to laugh, Tío?" asked Magda, flashing her best smile.

"I'm in no mood for joking. Tell me, Magda, *pronto!* It's midnight," groaned Tío.

"Well, Tío, Gabriel doesn't want to break his piñata. But everyone's excited because it's supposed to be a piñata party! What can we do?" she asked.

"Well, I thought about buying another piñata," Tío said. "But Señor Santiago's shop is closed on Sunday."

Finalmente, Magda tomó la linterna y, de puntillas, salió de la casa de Abuela y entró al garaje. Subió la escalerita para ver la piñata. De repente, oyó un chis, chis, chis y luego un chillido agudo. Mirando a su alrededor en la oscuridad, Magda perdió el equilibrio y se cayó al piso. ¡Algo empezó a respirar encima de Magda y le lamió la cara!

—¡Ay, Tita! Eres tú —le dijo a la carita peluda y ronrroneante.

Entonces se encendieron las luces.

—¡Magdalena! ¿Qué pasa? Creí que eras un ratero —gruñó Tío Manuel.

—¿Prometes no reirte, Tío? —preguntó Magda luciendo su mejor sonrisa.

—No tengo tiempo para bromas. Dime Magda, habla pronto. Ya es medianoche -gruñó Tío Manuel.

—Bueno, Tío. Gabriel no quiere quebrar su piñata. ¡Pero sus amigos están muy emocionados porque ésta va a ser su primera fiesta de piñata! Ay, Tío, ¿qué podemos hacer? —preguntó.

—Bueno Madga, pensé comprar otra piñata, pero el señor Santiago cierra su tienda los domingos —explicó Tío.

They both sat on the garage floor and stared at the piñata. The piñata seemed to stare back at them. Suddenly, Tita darted across.

"What's bothering *you?*" said Magda. Tita had spotted a cricket. When the lively cricket at last hopped away, Tita strolled over to her feeder. She lifted one delicate paw and pressed down on the handle. Out tumbled a snack. Tita nibbled her treat, then licked her paws clean, and slipped out her squeaky pet door for a midnight stroll.

"Tita!" exclaimed Magda. "You're the smartest cat alive! ¡Look, Tío!"

But there was no answer.

"¿Tío?" called Magda. "¿Tío?"

Tío Manuel was fast asleep and snoring.

"Oh, poor Tío. You go ahead and sleep, and I'll do all the work," whispered Magda.

Ambos se sentaron en el piso del garaje y observaron la piñata. Parecía que la piñata los observaba también. De repente, Tita cruzó el piso rápidamente.

—Tita, ¿qué te pasa? —dijo Magda. Tita había visto un grillo cantor. Cuando se escapó el grillo, Tita caminó con calma hacia el alimentador de gatos. Levantó una patita y oprimió la palanca. Salió un rico bocado. Tita mordisqueó su bocado, se lamió las patitas y volvió a salir por la puertecilla chirriante para dar un paseo de medianoche.

—¡Tita! ¡Eso es! ¡Eres la gata más inteligente! —exclamó Magda. —¡Mira, Tío!

—¿Tío? —llamó Magda. —¿Tío?

Tío Manuel estaba durmiendo y roncando.

—Ay, pobre Tío. Sigue durmiendo y yo haré todo el trabajo —susurró Magda.

Like a cat, Magda crawled on all fours towards Tita's feeder. Magda took the ribbon from her pocket and tied it onto the feeder handle. She pulled on it. Out popped some cat treats. Then Magda poked her head in and out of Tita's pet door. Magda nodded to herself. Now she could get to work.

First, Magda searched the garage shelves for supplies. There were all kinds of things. Old mayonnaise and baby-food jars were lined up in neat rows and each was full of rubber bands, twine, buttons, marbles, and fishing line. There were many forgotten toys on the shelves, and Abuelo Madrigal's old toolbox was there, too.

"*Nada.* There's nothing here for Gabriel's piñata," she grumbled. But Magda concentrated a minute longer … and suddenly all the junk seemed *perfect* for creating some piñata magic! Quietly and carefully, she clipped, snipped, tied and stapled every which way, making a piñata that everyone could enjoy—especially Gabriel.

Entonces, como un gato, Magda gateó hacia el alimentador de Tita. Sacó un listón de su bolsillo y lo ató a la palanca del alimentador. La jaló y salieron pedacitos de comida de gato. Luego, Magda metió y sacó la cabeza por la puertita de Tita. Magda asintió. Era hora de ponerse a trabajar.

Primero, Magda buscó materiales en los estantes del garaje. Había muchas cosas: frascos de mayonesa y de comida para bebés en líneas ordenadas. Estaban llenos de ligas, cordeles, botones, canicas, e hilo para pescar. También había muchos juguetes olvidados y la vieja caja de herramientas de Abuelo Madrigal.

—*Nothing.* No hay nada para la piñata de Gabriel —se quejó. ¡Pero Magda se concentró otro minuto hasta que hizo que todos los cachivaches fueran perfectos para hacer magia en la piñata! Silenciosamente y con cuidado, cortó, tijereó, ató y grapó de todos lados, creando una piñata para todos, especialmente para Gabriel.

The next day, the party guests were amazed by how much the piñata resembled Gabriel. Everyone took a picture of Gabriel in his cowboy outfit standing next to the piñata. The two did look like twins … except that Gabriel was frowning.

When the time came to blow out the candles on his birthday cake, Gabriel closed his eyes, bit his lip, and made a long wish.

"Hurry up!" the children yelled. Eager to break the piñata, they gobbled down their slices of cake. But not Gabriel. He barely even touched his piece.

Finally, everyone gathered in the back yard. Gabriel clutched Magda's hand, praying that his birthday wish would come true. As Tío Manuel pulled the piñata high into the air, Magda whispered something in Gabriel's ear: "No one will break it. I promise."

"Blindfold *me!* Where's the stick? Let me take a good whack at it," Eduardo demanded.

Al siguiente día, los invitados a la fiesta quedaron sorprendidos de cómo la piñata se parecía a Gabriel. Todos se tomaron una foto de Gabriel en su disfraz de vaquero al lado de la piñata. Se veían como gemelos, excepto que Gabriel tenía el ceño fruncido.

Cuando llegó el momento de apagar las velas de su pastel, Gabriel cerró los ojos, se mordió el labio e hizo un deseo largo.

—¡Apúrate!—gritaron los niños. Ansiosos por quebrar la piñata devoraron su pastel. Pero Gabriel, no, él apenas tocó su trozo.

Por fin, todos se reunieron en el traspatio. Gabriel apretó la mano de Magda esperando que su deseo se hiciera realidad. Cuando Tío Manuel jaló la piñata en el aire, Magda susurró en el oído de Gabriel. —Te prometo que nadie la va a quebrar.

—¡Véndame los ojos! ¿Dónde está el palo? Déjame pegarle —insistió Eduardo.

"Eduardo, it's not that kind of piñata any more," said Magda. "*This* piñata will last *forever!*"

Puzzled looks appeared on the children's faces. Even Mamá, Papá, and Abuela Madrigal looked at one another, wondering what Magda was talking about.

Tío lowered the piñata so that Magda could demonstrate. There were some new things on the piñata today. A cowboy lasso and a yo-yo now dangled from the piñata's hands. Magda tugged on them, and candies tumbled out of the piñata's sleeves! Then she pulled on a large red bandanna in the back jeans pocket and another shower of treats popped out like magic. Tío Manuel jiggled the piñata, which now wore a torn backpack. And each time Tío made the piñata dance, candies scattered in every direction—and so did the children.

"Wow! My wish came true!" cheered Gabriel.

—¡Eduardo, ya no es ese tipo de piñata! —dijo Magda. —¡*Esta* piñata va a durar *para siempre!*

Aparecieron miradas confundidas en los rostros de los niños. Hasta Mamá, Papá y Abuela Madrigal se miraron entre sí, preguntándose exactamente de qué hablaba Magda.

Tío Manuel bajó la piñata para que Magda les demostrara. Hoy había algunos objetos nuevos en la piñata. Ahora una reata y un yo-yo colgaban de las manos de la piñata. ¡Magda tiró de ellos haciendo que los dulces salieran por las mangas de la piñata! Jaló el pañuelo rojo en el bolsillo trasero de los pantalones y otra lluvia de dulces salió mágicamente. Tío Manuel movió la piñata que ahora llevaba una mochila rota. ¡Cada vez que Tío hacía que la piñata bailara, los dulces se esparcían en todas direcciones al igual que los niños!

—¡Viva! ¡Mi deseo se hizo realidad! —vitoreó Gabriel.

The children took turns jumping and hopping, yelling and screaming to get at the candy falling from hidden doors and flaps that Magda had made. When at last the piñata was empty, Gabriel begged, "More, more!"

"Gabriel, there's no more candy," explained Tío Manuel. "Everyone's had a turn."

"But Tita hasn't had *hers*," said Gabriel. "Let's fill up the piñata with cat treats!"

"What an idea! A tradition for the *whole* family to enjoy!" Mamá chuckled.

Magda scooped up Abuela's cat into her arms. "Oh, Tita, how could I forget you?!"

"Leave it to Magda to give this piñata extra lives!" boasted Tío Manuel.

"Oh, no, Tío! Tita deserves *all* the credit. She's the one who gave me the idea and saved the party!"

Los niños se turnaron saltando y brincando, gritando y chillando al tratar de alcanzar todos los dulces que caían por las puertas y las solapas secretas que Magda había hecho. Cuando la piñata quedó vacía, Gabriel pidió —¡Más! ¡Más!

—Gabriel, ya no hay dulces —explicó Tío Manuel. —Ya todos tuvieron su turno.

—Pero, Tita no ha tenido el *suyo* —dijo Gabriel. —¡Vamos a llenar la piñata de golosinas para gatitos!

—¡Qué idea tan buena! ¡Una tradición que *toda* la familia puede disfrutar! —dijo Mamá riendo.

Magda levantó a la gata de Abuela —Ay, Tita ¡¿Cómo me pude olvidar de ti?!

—Sólo Magda podría darle vidas extras a esta piñata —exclamó Tío Manuel.

—¡Ay no, Tío! Tita se merece *todo* el reconocimiento. ¡Ella es la que me dio la idea de cómo rescatar la fiesta!

Becky Chavarría-Cháirez is owner of Chameleon Creek Press, a literary arts communications company based in Albuquerque. The San Antonio, Texas native is an award-winning writer/commentator and freelance journalist who has written extensively on Hispanic customs, including *piñata* making and breaking. Her first children's picture book, *Magda's Tortillas*, whet the appetite of many a young reader—not to mention a few adults—who have rolled up their sleeves to explore the tortilla-making tradition *a la Magda.* Becky, her husband and two daughters live in New Mexico.

Becky Chavarría-Cháirez es dueña de Chameleon Creek Press, una compañía de comunicación y arte literario en Albuquerque. Becky es originaria de San Antonio, Texas, y ha sido ganadora de premios como escritora/comentarista y periodista independiente. Ha escrito extensamente sobre las costumbres hispanas, incluyendo el hacer y quebrar piñatas. Su primer libro para niños *Las tortillas de Magda* despertó el apetito de todo lector pequeño—y esto sin mencionar algunos adultos—que se hanarremangadolas mangas para explorar la tradición de hacer tortillas *a la Magda.* Becky, su esposo y sus dos hijas viven en New México.

Anne Vega lives with her husband Robert and two children in Nashville, Tennessee, where she works as an artist and illustrator. She studied at the Columbus College of Art and Design, in Ohio, and at the Academy of Art in San Francisco. Her illustrations have graced numerous book covers. *Magda's Piñata Magic* is the second book of the Magda Madrigal series which Anne has illustrated.

Anne Vega vive con su esposo Robert y sus dos niños en Nashville, Tennessee. Ella trabaja como artista plástica e ilustradora. Estudió en el Columbus College of Art and Design, en Ohio, y en la Academy of Art, en San Francisco. Ha ilustrado varias portadas de libros. *Magda y la piñata mágica* es el segundo libro de la serie de Magda Madrigal que Anne ha ilustrado.